Ma citrouille

Julia Noonan

Illustrations de Peter Lawson

Texte français de Laurence Baulande

Éditions
SCHOLASTIC

Catalogage avant publication de Bibliothèque et Archives Canada

Noonan, Julia
Ma citrouille / Julia Noonan; illustrations de Peter Lawson;
texte français de Laurence Baulande.

(Je veux lire)
Traduction de : My Pumpkin.
Public cible : Pour les 3-6 ans.
ISBN 0-439-94203-9

I. Lawson, Peter, 1960 8 mai- II. Baulande, Laurence
III. Titre. IV. Collection : Je veux lire (Toronto, Ont.)

PZ23.N66Ma 2006   j813'.54   C2006-902958-X

Édition publiée par les Éditions Scholastic, 604, rue King Ouest, Toronto (Ontario) M5V 1E1.

5 4 3 2 1   Imprimé au Canada   06 07 08 09

Note à l'intention des parents et des enseignants

Dès que l'enfant sait reconnaître les 57 mots utilisés
pour raconter cette histoire, il peut lire le livre en entier.
Ces 57 mots apparaissent tout au long de l'histoire pour que
les jeunes lecteurs puissent facilement les retrouver
et comprendre leur signification.

a	citrouilles	il	prends
à	comme	je	printemps
ai	creuse	juges	prix
arrache	début	le	rang
arrose	des	les	ronde
au	emporte	ma	sont
automne	en	mauvaises	souvent
ballon	est	me	surprise
beaucoup	exposition	mes	temps
belle	font	ont	très
bien	gagné	petite	trous
celle-ci	graines	petites	un
celle-là	grosse	place	une
citrouille	grossi	plante	vite
	herbes		

C'est le printemps.

Vite, il est temps!

Je place les graines bien en rang.

Je creuse des trous.

9

Je plante les graines.

Je les arrose souvent.

J'arrache les mauvaises herbes.

Au début, mes citrouilles
sont très petites.

À l'automne, mes citrouilles
ont beaucoup grossi.

Celle-là est grosse.

Celle-ci est petite.

Celle-ci est ronde comme un ballon!

Je prends une citrouille.

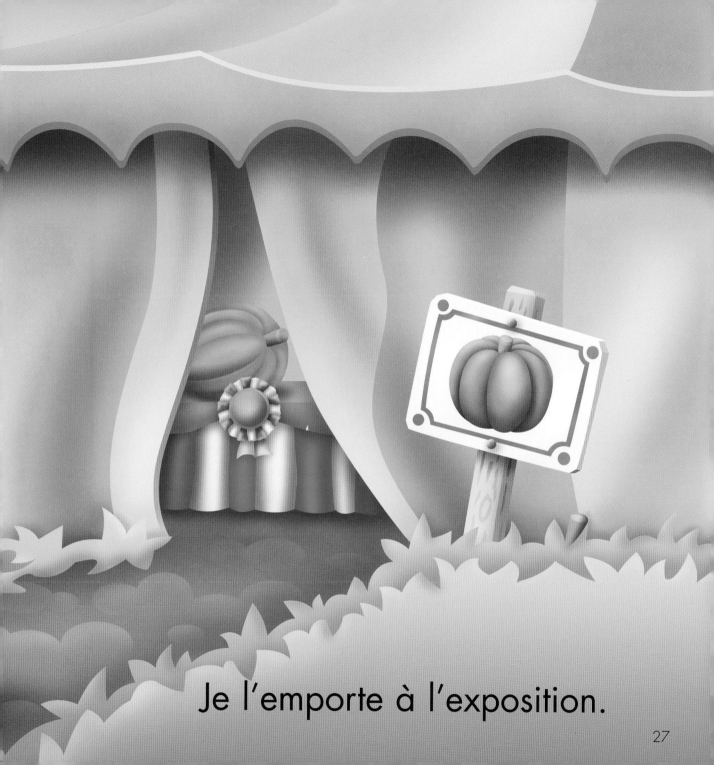

Je l'emporte à l'exposition.

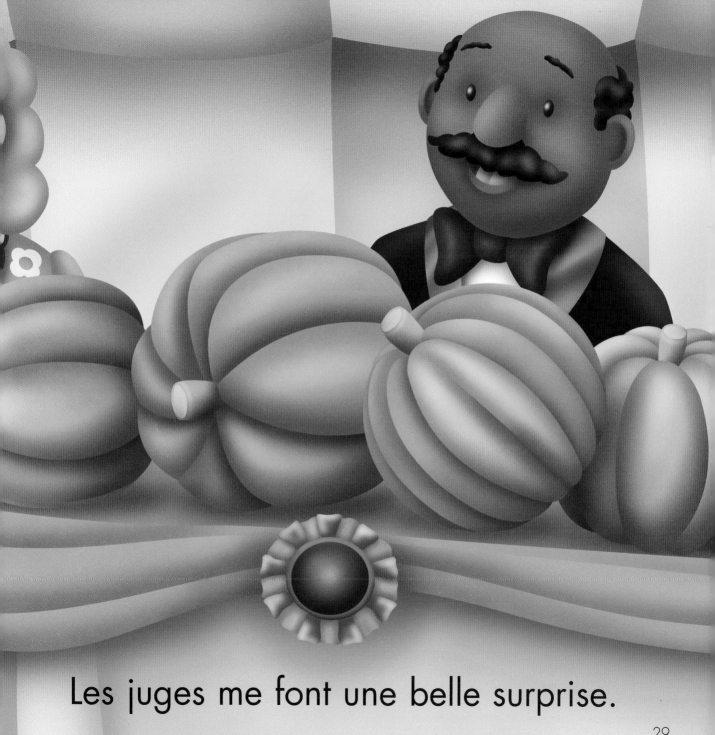

Les juges me font une belle surprise.

Ma citrouille a gagné!

J'ai gagné un prix!

JE VEUX LIRE

Des monstres!

Il faut ranger

Je choisis un ami

Je sais lire

Je suis le roi!

Je suis malade

Je suis une princesse

Le nouveau bébé

Ma citrouille

Ma nouvelle ville

Mes camions

Mon gâteau d'anniversaire